燈籠花

——利玉芳詩集

「含笑詩叢」總序／含笑含義

叢書策劃／李魁賢

含笑最美，起自內心的喜悅，形之於外，具有動人的感染力。蒙娜麗莎之美、之吸引人，在於含笑默默，蘊藉深情。

含笑最容易聯想到含笑花，幼時常住淡水鄉下，庭院有一欉含笑花，每天清晨花開，藏在葉間，不顯露，徐風吹來，幽香四播。祖母在打掃庭院時，會摘一兩朵，插在髮髻，整日香伴。

及長，偶讀禪宗著名公案，迦葉尊者拈花含笑，隱示彼此間心領神會，思意相通，啟人深思體會，何需言詮。

詩，不外如此這般！詩之美，在於矜持、含蓄，而不喜形於色。歡喜藏在內心，以靈氣散發，輻射透入讀者心裡，達成感性傳遞。

詩，也像含笑花，常隱藏在葉下，清晨播送香氣，引人探尋，芬芳何處。然而花含笑自在，不在乎誰在探尋，目的何在，真心假意，各隨自然，自適自如，無故意，無顧忌。

詩，亦深涵禪意，端在頓悟，不需說三道四，言在意中，意在象中，象在若隱若現的含笑之中。

含笑詩叢為台灣女詩人作品集匯，各具特色，而共通點在於其人其詩，含笑不喧，深情有意，款款動人。

　　【含笑詩叢】策畫與命名的含義區區在此，初輯能獲八位
詩人呼應，特此含笑致意、致謝！同時感謝秀威識貨相挺，讓
含笑花詩香四溢！

2015.08.18

目　次

輯二 旅遊詩

輯三　母語詩

輯一　現代詩集

一顆心的重量

我收到一封信
信裡夾帶兩顆紅豆

讀著你的老實和善良
思索你的耐心和堅強
你欲言又止…半天說不出一個愛

用心組合的愛呀
紅豆包裝你的木訥
傳遞你隱藏的心意

輕輕的一顆相思
擔負起一顆心的重量
盼望愛　有結果

大路關石獅公記行

民間封你祥瑞石獅公
仰望你行異能
止息山川的喧嚷與紛爭

普羅石獅公
啊！你穴居檳榔社群
鵝卵石堆砌你的雄風

水患沖擊歷史
野獸侵犯土地
鬼魅附身人民

面對鐵灰色貧病的天空
你…妥協過
你…央求過
求掌管萬獸的王
賜給你怒吼的力量

庶民石獅公
啊！你不常開口
遇見聰明通達的
點頭應允
遇見孩子氣的
不吝惜對話

傾聽順道的訪客唸謠：
「有妹毋嫁大路關
　介有假黎又有番
　行過盡多石頭路
　食了亦多蕃薯簽」

石獅公開口笑了
你遇見我們

山的風景

被叫喚
傀儡番的那些日子
傀儡
搜查我的荒野
蒐求我的埔地

被呼喊
假黎婆的那些日子
黎人的臉上
長了鄙笑的針眼

山崗上的隘口
攔阻道上彎曲蛇行的鱸鰻
讓在地的動物自由通行
讓飛鳥知道
山的風景沒有界線

饑渴的　尋求我山背
憤世的　隱匿我山腰
我的胸懷
安慰被撻伐被擄的心

賜下漢姓漢名
被稱呼
乳姑山的那些日子
天空經常無預警地下一場暴雨

我以為
土石流悠悠的滑落
是山的激情
是肌膚裸露的天性

我以為
自由新鮮的乳汁溢滿山谷

父親的肩膀
——疤痕女孩朴槿惠

我在大街上無目標的游走
一批有理想的壯志青年大排長龍領取失業便當
年輕的我未免固執
不願意跟經濟蕭條的畫面
劃上等號

姿態高傲
換來倒黨的危機
意外的攻擊事件
差一點威脅我的性命

我相信被暗殺的父親母親
不放心我
日夜跟蹤漫無目的游走的我
出手　擋掉權利腐朽的刀

這把暗刀傷害不了我
倒是

右臉頰上長長的疤痕安撫我說
光憑自己的力量哪能創造人民的希望呢

倘若不是一朵亮節的白雲
偶爾飄浮在家鄉青瓦臺的山頂
倘若不是父親
張開十字架的肩膀靠攏我
承擔我的哀傷
隨時可能消失的氤氳
哪能從谷底竄升
奔向使命的道路呢

他們不能圍困我的腳步

他們築起了高牆
輾壓成熟的稻穀
剷平田埂叫農夫偏離了道路

罪惡豎起了網羅
絆倒沿途飛行的賽鴿

有人搶救失足的腳環
拆除黑心的架設
還給翅膀 無 柵 欄 的 天 空

他們築起圍籬
伸出怪手
攔截學生放學回家的路

公義必拉起我穿越
腳步快如母鹿的蹄　穩行高處
他們不能圍困我的腳步

北回歸線緩緩的穿越濕地

北回歸線緩緩的…穿越嘉義
緩緩的穿越水上…穿越濕地

人類豈是癲狂
天賦沒將牠們遺忘
在貧瘠的土地上
築起生物棲息的橋樑

鳥族於是飛翔
在紅樹林上
優雅地和白雲對話

潛逃的水族於是緩緩的游
緩緩的…游過北回歸線
緩緩的…游向鰲鼓濕地

台灣欒樹

初秋　你來看我
路邊的這棵欒樹
開金黃色的小花

深秋　你沒有來
欒樹依然癡情
開粉紅色的碎花

冬天　你來了
灰褐色的花苞已裂開
標示著我的地址

向婆嚎海

秋天忙著編織花冠
山中的少女們
就要戴上希望的色彩歌唱

牽曲圍繞著壺
圍繞一支
渡海來台先民的苦

向婆受到靈歌催化
她遙望
顛顛簸簸的西海岸
起起伏伏的西拉雅
波濤隱沒子民的腳步
水草柔順般的西拉雅

懷念而哭嚎的海
回憶而歇斯底里的海
頭戴花冠的西拉雅
唱著歌尋找春天的西拉雅

地震，震出我的更年期

壓制不住的怒氣吧

倒楣的結婚照

從牆上被扯下

砸毀在幸福的臥房

九二一大地震

震出一次失和的記憶

適那夜起

遂放棄眠床

一顆怕被碎片割傷的心

守著沙發

每當凌晨一點四十七

壁鐘準時叩我一下

我既不能掌握

地震　何時會再出軌

又無能防止它的行徑

永不背離我

早晨醒來
母親的一張臉
趁虛出現在我的鏡前

我們在惡地形的旅途上

二十世紀，已然走過
我們正跨越升格的都市門檻
銀合歡褐色的莢果在白堊地搖晃著
長毛象依舊迷失在牛埔泥岩下
我們在惡地形的旅途上

妳突然問我
究竟是馬卡道族還是赫人？
我的配偶欄加註平埔西拉雅
血源無正統可尋
雲端的列祖他們的名字正穿越族譜

卻不像紫色霍香薊這饒舌的外來種野花
混雜了母土的基因
語言無正統可耕耘，我們還有什麼話可說？

呼吸到人煙稀少自由的密度
樂天的果農笑談他們貧窮到沒錢買農藥可噴灑

利用舊報紙來包裝土產的素顏
然而，斗大的新聞頭條－瘦肉精美牛
非他們產品的商標

從這邊直通二十一世紀升格的都市
輾過邊陲蒺藜，確實遠離路的顛簸
然而，我們的旅途還在惡地形外圈打轉

和平多給一點點
——日本加油

之前
照樣辦喜事宴客
喝了一點點甜酒
舌頭說幾許祝福

剎那間
黑色的海嘯
卻從電影世界翻牆躍入
搗毀平和的家園

世紀大地震
震得我啞口無言
地老天荒…只不過是我的口涎
巨浪的泡沫

饒恕我的天真！津波tsu-na-mi
我哪能算準核電的耐震係數呢

怎可試探你的情感有多穩固
哪能預測地球的盡頭

只有　神
為明日起頭的神
我們一定要打起精神來
他必減少那日子
和平多給一點點

注連繩Shimenawa

從石川縣來的宮村　榮先生
一邊搓揉一邊修正我有些扭曲的稻草
瞬間成了彈性的注連繩

繩頭和繩尾打個平結
扎入兩張白色閃電的剪紙
A張閃電代表兒孫
B張閃電代表祖先

注連繩懸掛廳堂
象徵大年夜祖孫團圓
閃電迎春擺盪
彷彿就要展開新意的對話

擔負開運
招福、趨吉避凶的注連繩
老是不放心
賜給準備入伍當兵的年輕人

一句話
願你凡事順利、身體健康
命令你要平平安安地回來

注連繩小小工藝品
在我身上起了作用

清晨　祖先化身一隻幼小的草蜢
沾著露水在注連繩上寫字
片刻　閃電般地消失了

玫瑰花情

自從玫瑰捧花拋給伴娘之後
我已經放下自己的固執和意見
學習如何取悅我的新郎

當我卸去粉妝
枕著黑夜的臂膀進入夢鄉
含苞的玫瑰也在溫柔的月下蜷縮著身子
在震顫的晨曦中發出微妙的能量

盛開的玫瑰啊！
請別沉默不語
尤其感情觸礁刺痛時
請別自顧凋零
使我一蹶不振

美麗的玫瑰啊！
請向我顯明我所不知道的故事
請向我綻放我未曾聽聞的香氣

2012笠作品
2015九月福爾摩莎詩人大會舞碼

金狗毛

指頭被割傷
叫我呼天搶地的童年
父母不在家

姊姊要求我冷靜
拔一球金狗毛
止血

呼呼耶
惜惜耶
無名指不痛不痛了

門的拆字學

兩個太陽面對面
時而鼓勵時而安慰
心想做一日和尚敲一日鐘

門楣的光
若被風吹熄
黑暗就伸進來

門栓被拔除
橫柴入灶
門檻若移位

門
變造成
鬥

王見王
照鏡子模糊不清
秋決監視監聽

於是
關說貪瀆說濫權說請託說
出師表
東廠西廠錦衣衛、烽火連三夜、金兵十二道金牌、水門
案
四人幫、馬釧龍王…
死的語言紛紛出土

含淚的微笑
鬥
可恥的一天

俗話說好男不與女鬥
我非那可憐的婦女
其實台灣人不善鬥爭

雨的氣味

氣味店
賣
自然界存在的氣味

百合花存有廣場上自由的氣味
搗碎的過山香濃郁的熟番氣味
蚯蚓的氣味爬行在故鄉的泥濘上

芋仔＋甘藷＋小米
蒸出福爾摩沙粄粿
大融合的氣味如何
彼此先咬一口才知

床第之間的氣味
香蕉熟透腐敗的氣味
酒精的氣味
自來水的氣味

天使的氣味
天國的氣味
沒有氣味的氣味

週末有雨
雨無核
雨沒有石化
闔上傘的氣味made in Taiwan

屋脊

屋主蓋房子那一年
感受戰後貧困的陰影吧
將太平的圖騰鑲嵌屋脊

民間藝術叫它
馬背
寄託安家避邪

保護家園的生命財產
信它能逢凶化吉
扭轉時代的紛紛擾擾

正直的聲音如雨豆
叮叮咚咚撒落屋脊
彷彿吶喊著：
今日拆大埔，明日拆政府

正義的聲音不停蹄
由屋脊的分水嶺篤篤奔來

後山筆記

1.列車

軌道的轉彎處
列車頭與我們的距離
呈現一條優美的弧度

靠窗的位置慣性地搖晃著
因妥協舒坦
途中不禁睡著了
醒來已過林邊
椰影的流梳如潮濕的符號
倒臥在颱風肆虐後的綠野

夕陽染著歸巢的翅膀
暮色中
鷺鷥群低低掠過向海的紅瓦屋

入山　瞬間陷於無明的天崖
出洞　方知白浪衝擊著海角
後山就要到了

2.表演秀

穿上盛裝的男人
腰間佩帶彎刀和皮套
厚厚的唇間震動著「瑪莎露」
端出一盤台東釋迦歡迎我們

舞台上的百合花低垂哭泣
吟哦魯凱勇士一路艱辛走過
不知哪來的魔音
他們卻唱出我的鄉愁來了

3.觀後山部落

蟒蛇蜷曲在旗桿的高處
圖騰蟄伏部落已久
山野裡鱗光閃閃
呼喚族人隨時要儆醒

鋸得平整的木材節
層層疊疊交錯
意味著青年人結實的肢體
展示家族第一號成年作品

部落的河床豎立著石藝
母親背著嬰兒牽水牛渡河的實像
雕刻家似乎把我童年的印象
塑在都蘭後山

4.素葷後山

傍晚入宿原住民旅館
女巫師木雕守護大門口
神奇的照面
神祕的招呼

同學拿著房間的鑰匙
禮節上敲了門板三響

房東首先致歉
聲明台東作醮
全市應素食三日

早齋一面喝著豆漿
一面閱讀日報
國民黨立委護航國光石化
設廠暴出農業存活問題

入境隨俗清心吃素的早晨
不忍漏讀後山葷味的新聞

虹的倒影

忍不住抓住片刻的絢麗
彩虹的出現
必捎來幾許思念

五分仔小火車啟動霧霧的車斗
空隆空隆地搖晃
緩緩通過了敵機轟炸後的支線

好像要展開全新的勞動旅程
梯田上下都忙碌著
烏鴉的哀鳴獲得安慰
野地不再憂傷寂寞
牛依然跪在午休的大樹下
咀嚼著後殖民的嘆息
反芻臭香的歷史

群集在洗布埠搗衣的村婦們
嘻笑聲忽地啞然止住
彩虹　是妳優雅地走來

聽不懂西拉雅混合的臺語
卻不後悔嫁給台灣郎
妳佇立上游
捲起蒙昧的黑褲管
露出膚色的小腿肚
讓靜脈在白皙的領域自由曲張

妳彎腰搓揉
無患子漾起神奇的泡沫
洗滌虹的倒影

倒風內海

鋤頭奮力挖掘下
貝殼遍佈在田園的底層
三百年前，聽說這裡一片繁華
大埤依沙寮　沙寮偎蚵寮　蚵寮連著海岸線

金色沙灘依靠著前人的回憶
才漸漸浮出故鄉的腦海
荷蘭人來過，留下紅毛厝
鄭成功來過，屯墾海垵營
清朝郁永河，渡筏遊內海
日本人來了，種下多桑的語言
走了，好不容易我們也走出殖民的陰影

來了，政權風暴不斷侵襲下
改變了福爾摩莎河道的意志
急水溪偏北了
內海枯竭了
螺的屍殼擴張了兩岸流域的版圖

倒風內海已經消失在台灣的地圖上
故鄉的空氣依舊漂浮著淡淡地鹽分
繁星漁火偶爾點亮夢中的碼頭
海鳥隨著季風過境埤塘的濕地
入港的船隻猶靜靜地停泊在畫冊的內海

狼煙

一個部落一朵狼煙
四十個部落四十朵狼煙
紀念二二八和平的日子裡
狼煙爭取土地的正義同步升空
帶著幾許喧嘩
幾許自由

幾許明亮
這一天
逃脫的人感恩還活著起而歌唱
有人道歉反省
有人在學術校園給偉人換裝
有人撥動御用的算盤
減掉兩百二十八顆傷亡的珠子

受難者其實不增
失蹤者其實不減
傷痕累累的歲月其實一眨眼已過了六十五

六十五個年頭六十五朵狼煙

升空的雲柱

帶著幾許潮濕

幾許安息

草屯松仔跤

圍坐草屯松仔跤
灶　燃燒著
五香四溢　挑逗我們的味蕾

誰又能阻止你述說年少呢？
春天的朴子溪　水勢順暢
你思念嫁過去的姊姊
渡筏　沒零錢而落跑
船夫急急：佗位來的猴囡仔

當你述說竹篙鬥菜刀
那一年　你已從蘭潭背負行囊
定居草屯
悄悄地將那齣荒謬的結局
埋在故鄉的觸口

不甘願戲碼就此草草落幕
不甘願山屯任其陷落風霜

你傾聽背後細微的聲音
磨亮語言　潛移詩中
禮讓晨曦出鞘
默化柔道的光刃

星星抖去鞋子上的露珠
再度尋訪老街
中晝雜食
烏龍茶配咖啡
我的口袋裡偷偷地放了幾顆相思
異想天開
勵志要為紫色風鈴寫一首
種子的出生地和花苗的遷徙

圍坐草屯松仔跤
灶　嗶嗶剝剝地燃燒著

堆雪人

油煙的裙兜暫且鬆開你的腰間
讓圍巾在妳的頸項燒一圈溫暖
賢慧與溫柔的冠冕暫且脫下
讓俏皮的呢帽拉近你耳邊
這樣妳就聽不見家中么兒的呼喚

讓這隻太陽眼鏡
濾清妳眸子裡繚愁與刺眼的景色
讓兩個深紅的蘋果
裝飾妳大衣上空空的口袋

讓急於上山的旅者
流連妳那尚未融化的情韻
獲得片刻的喘息

數秒

8秒

一隻烏龍仔在苦楝樹下

克力力－克力力地數秒

7秒

寒夜出生的女兒

曾吸吮她的小手迎接一九七四

6秒

當兵的兒子守哨車籠埔

5秒

讀大學的么兒正往太麻里趕路

志做第一道曙光見證

4秒

夜鷺嘎叫一聲

審視世紀末的暗光

3秒

揮別口蹄疫的一隻豬胚

放肆地咳嗽起來

2秒
疾馳的列車穿過林鳳營小站
1秒
打了一個噴嚏

0秒紛擾的世界突然平靜

1秒
又一個噴嚏
2秒
千禧寶寶從腹部的傷口誕生
3秒
天空盛開朵朵彩色的蒲公英
4秒
火花凋謝成白煙
還原歷史的顏色
5秒
搶先蓋上公元2000 .01 .01郵戳
天燈冉冉高升

6秒
許許多多的好話燒燼
阿願和阿旺可有收到
7秒
我已掛在牆壁
被撕去扉頁
有人為我不可知的日子剪綵

木魚和曲腰
──日月潭晨記

日月潭的木魚
覺覺覺　覺覺覺
敲醒月潭的曲腰魚

曲腰　鱗片閃閃
游著自由式的水花
拍打水沙連的清晨
遠遠超過光華島

瞬間　潭水無痕
晨泳的魚　已潛入我的眼簾
木魚聲　不覺不覺　也傳到彼岸

第5號崗哨
——桃園大溪

坐立不安的銅像

疲憊的腳程終於獲得歇息

筋骨扭傷的風在開放的管制區舒展穿梭

男人的眼睛打開呆滯已久慈湖的風景

尤加利樹在蕭颯的小坡上動搖

一對黑天鵝游過湖的深淵

男人放開腳步遁入林間第5號崗哨

彎月曾經配戴著兵器對星星訴情

在這裡偷偷寫信悄悄地做夢

崗哨甩脫暗昧的保護漆

男人帶上光明的兵器固守昏黃的愛戀

黑夜已深白晝將近

遇見銀杏林

鬱悶不樂前來散心的有嗎
健行到溪頭
巧遇銀杏林
金黃色的光線從高處瀉下

銀杏林與人類這脆弱的圈子
內外都需要受到保護

人佇立在警示語的邊界
蘋果、芭樂、刀叉和木桌
靜物擺放著慵懶的下午

飲過銀杏茶
沐浴森林的芬多精
氤氳緩緩升起
彷彿發揮了一絲作用

無意識地碰觸長在木椅上
一顆樹瘤
我的背脊
瞬間被喚醒而挺直了胸膛

漫遊森林的整個下午
並未遇見跳著曼妙舞姿的銀鳥

綠光森林

鹿蹄亦不輕率踩踏的密境

小花蔓澤蘭的虛根
卻攀附古老的後院
優越地滋生

纏繞著水鏡的森林綠癌呀
真光豈是能抵擋的

鳳凰樹下

往高處看
一對飛羽不曾離開廟宇
剪黏家抱著流傳屋脊的藝術
牢牢將幸福和吉祥黏住

從遠處想
孤獨並不專屬於女人
為故鄉守寡的鳳凰
靜靜鏤刻在上了金粉的木床

近的來說
鳳凰絕對飛不出
裝飾在我鏡台上的絲綢
嘴巴刺繡得多麼密實有光澤

寒流剛剛走
我浴著中午的陽光
抬起頭
發現樹上棲息了許多隻鳳凰

彈奏一曲「放伴洗身軀」

周先生夫婦與他的朋友們
從某處獻藝完畢路過吾宅
夜裡丈夫泡茶招待
周先生還在興頭上
續彈了一曲「放伴洗身軀」

胡琴的節奏透明輕快
好像撥動了一池水
洗呀洗　揉呀揉
我的肌肉不由得放鬆且舒坦
沐浴在潔淨中
一心想痊癒的池子裡

戰爭與和平

戰火
豈是大自然發出來的火
八二三砲戰流動著
血氣的火海

假若二二八不算是一場戰爭
那麼烏鴉啼哭時
令人全身起的疙瘩
爭戰的陰影會立即消失吧

臺灣日本特別志願兵
不也帶著莫名其妙的興奮
踏上戰後母親的殖民地

歷史再三地驕傲
憑弔
勇士們牡丹色的戰袍

甲午戰爭　離開　我們的記憶
夠遙遠了吧
清朝割讓臺灣給日本
好比是一塊當獻的供物

全臺引燃乙未戰役
豈非無緣無故
向來吟詩賞月的步月樓也著火了
扇扇圓圓的浪漫
窗窗變形火銃的眼睛

和平施放的煙火
豈是分裂族群的火礮
戰爭發出來的火光
豈是大自然的真光

燈籠花

燈籠花獨掛天上
不叫撒旦搧風點火
不叫人傾聽撒旦的道理

燈籠花獨掛地上
點燃信心的煤油
一盞轉憂為喜
一盞轉平安為吉日
黑暗來臨時
總是想到綠籬上朵朵亮光

夢之夜

終於失眠了
邪惡的怒氣撕裂妳的衣裳
一反自然的性格
赤裸裸地爆出黑暗的底層
妳的隱私

無情豈是妳的聰慧能料及的
他留意觀察
當災禍臨到妳身上時
妳是如何地掙扎與哀哭

追隨光鮮的城市一直是妳所需要
　　　　　　　　　　妳喜悅的

別讓無名毀滅妳築夢的希望啊
光明會拭淨妳蒙塵的衣衫
與妳同居

擦鞋童

他低著頭
搜尋趕路的鞋子
偶然抬頭
揣測我出生的年代
談談阿瘦

他在火車站擦鞋
歷任了十五位站長
苦勸我的六兩鞋La new
毋通無采工
擎予政府的網仔網

一卡省本攔袂壞的箱子
擦拭著人生奔波的塵埃
真皮或仿皮　他不便揭穿
台製韓製或支那牌　知足就好

拜託我的鞋子
莫抖動不安
絕對讓我飛起來
趕得上回家的那班列車

喜鵲與櫻花
——濟州島剪影

明知璀璨的櫻花大道
會在旅人的讚嘆之後凋零
將虛幻的銀河化為烏有

櫻花樹梢上的喜鵲
堅守冷絕的國度
寧可享受片刻繽繽紛紛的景象

看不出
牠們的翅膀曾經凍傷
看不出
牠們的窩巢一度封閉
倒是聽見
牠們在繁花盛開的早晨
清一清喉嚨
高傲地叫醒了霧霧的城市

吉祥的鳥兒
停歇在人類的屋簷下
哪會被惡意驅趕呢
尤其是棲息在海女孤獨的家
仍挺受歡迎的

種有古老櫻花的佛寺
喜鵲時而拍翅
鼓動朝鮮半島迎戰的日子
時而飄落瓣瓣羽毛
紀念南北韓終戰一甲子

闖入花田的孩童們

闖入農舍的孩童們
看見籮筐裡糾結成堆的蠶
驚嚇又興奮地尖叫

好奇地算一算蠶究竟有多少
加上覆蓋在桑葉底下快活吃食的
大約有八百多隻

超出分貝孩童們的尖叫聲
彷彿晨鐘久久迴盪在曠野
那一年一九四七
那一天二月二八

報告殉難者一千九百四十七
重新估計死亡人數兩千兩百二十八
加上躲藏在桑樹底下離奇失蹤的
大概有一萬多

到了紀念日
圖畫變成黑白
彈奏的指頭變柔軟了
我的農田也撒滿同情的種子

季節性來臨的時刻
波斯菊紅紅紫紫開了一萬八千朵
加上覆蓋土地哀傷的白花
也有兩萬八千朵

放和平假闖入花田的孩童們
高分貝興奮的尖叫聲
招徠數不清好奇的黃蝶

霽色的月光

杜潘芳格口述／利玉芳記錄

雨後的夜晚
天空僅僅剩下的一片棉絮
也飛走了

那又圓又亮霽色的月光呀
使我憶及疼惜我的
活生生的父親

晨起步上陽台
朦朦朧朧地自轉了一大圈
遍尋不著月華的蹤影

月亮依舊坐在曦光裡
輕聲細語叫喚著：
我在這裡！我在這裡！
天上只我一個人

地球

南美洲的阿根廷
叫做合恩角的地方
從地球儀看去
只是地球上的一個點

角的左邊流動著太平洋
角的右邊流動著大西洋
洋流　經過這一點　流來流去

我們的笑聲、感恩、語言、思想
經過這一點　流過來　流過去
地球好像是一粒水球

太陽花就是這個樣子
——四月訪羅浪，杜潘芳格作詩

太陽花就是這個樣子
它的黎明
來安撫我昨夜的失眠
幫我解脫白色的惡夢

太陽花就是這個樣子
它的晨露
總是展開溫潤的手指
幫我揉揉疼痛的膝蓋

太陽花就是這個樣子
褐色的種子
深深埋進胸脯鎖住心
吝惜暴露真實的語言

太陽花學運

如果這不是一場革命
而只是個靜坐
而只是個吶喊
只是個遊行的隊伍

風暴下的太陽花
被摧殘是多麼容易

天生向光性的花
儲存著它們的能量
即便凋萎
依然站成
一棵

向日葵花語

道路不能偏離左右
信心豈能可有可無

走出困境，不必懼怕
暴雨縱然驅散你們的隊伍
勇氣畢竟如烈焰

你們得以剛強
是來自人民的平和與溫柔
你們不必驚惶
恐懼將縮小
變為零
主日這一天

咆哮春天

太陽花鎮守街頭　冷靜
向日葵期待街尾　冷靜

教鞭
冷靜不下來
走出戶外

白袍醫師
衝破黑夜
對染血的春天咆哮

輯二　旅遊詩

千草斜陽

斜陽在乎你
破滅的羅曼史在乎你
妻不在乎風的微言

風的足跡自由進出左岸居酒屋
跪讀千草店
寫頹廢人間

雨汛來臨三鷹市濕漉漉地
柔弱的紅絲帶
竟然綑綁欲活下去的靈魂

玉川水上
文學深度的河流啊
你的名氣也因太宰治逐年翻滾著

夜宿鬼怒川

無臭無味透明無色
解除百勞的鬼怒川溫泉
釋出諸多善意
我還是害怕你的名

你拿瀑布攪動午夜的寧靜
一隻蛹
自縛在幻聽的棉被裡
想起另外一座山
回聲
總是對著自己的山川咆哮

鬼怒川風景呀
你畢竟是日本的名勝
溫泉能舒緩精神的壓力
山澗徐徐
沖刷我的恐懼
流水聲潤滑我的心

島嶼的航行

1.游輪

游輪順風離開臺灣
於是妳住進另一處殖民島

妳的身份立刻被認同
給予妳行動的自由

未來
生活在這艘打造的城鎮
管轄權仍歸屬於它

妳群集海鳥
不撒網
不擔心沒有漁獲

2.船

船逆風　繼續實踐它的航行主義
忽遇暗流
船身劇烈的搖晃　使妳偶然暈眩

若非夕陽
拖曳著錦雞一般豔麗的長尾巴
劃開海天

這備受紛爭的色彩與界線
妳以為看見爐灶裡一把燒紅的火鉗
夾出　煨熟的甘藷

3.歌劇院

歌劇院的舞台上
西班牙女郎含著
比她的唇更紅的玫瑰

翻個身
翹臀夾住了
一邊跳著踢踏舞
一邊敲擊著圓潤皮鼓的鬥牛士

看戲的妳
跟隨掌聲
慰勞自己歇下辛苦的擔子

4.夜

妳好像收割娛樂
滿足地回房就寢
聽下舖　差一點被出賣的童年故事

夜滔滔不絕
陳述著她記憶裡的舊帳
一邊指控　一邊清算

戰後出生的妳
似乎被島國發生的哀怨
磨練出異質的慣性

關於她的不幸
冷靜得不影響妳的睡眠
尚能發出節奏咬牙的鼾聲

殊不知
黑色的海域整晚下著毛毛細雨
暗潮絞盡腦汁欲凌遲妳的美夢

5.雨

雨依舊綿綿
游輪　向福岡申請靠岸
於是妳

移動海傘間
登陸更大的島嶼

妳隨著飛躍的
球
追到全壘打邊緣
尋找雅虎棒球場
金雞獨立式的足跡

6.太宰府

通往太宰府古蹟
筆直微微有坡度的街道
紅豆煎餅的香味
溢出赤月祭的旗幟

先拜謁再用餐
先淨身後行禮

禮節的約束
使妳傾注前行
覆蓋妳的饑餓

7.長崎的太陽

太陽終於露臉了
原子彈轟炸長崎
豈是無目珠

編故事的米軍機說當初
被魔鬼的濃霧矇騙了
投擲的目標…本是個無人島

那麼
歷史表錯情的記載
一下子屆滿七十年

屋前的竹影還燒烙在門板上
時間的鐘擺拒絕脫序的搖晃

和平的鐘聲
敲響
妳再靠近一點
深深地向原爆點
彎腰鞠躬

樹上跳躍的烏鴉已調整好牠們的嗓子

人工瀑布淙淙流洩
澆熄　灼熱的大地
妳的喉嚨忽然乾渴刺痛

8.雕像

使者雄偉的雕像
佇立祭壇

祂一手指天
災禍從天上來
平伸的右手
呼籲人類平和　釋放野心
左腿內縮
象徵苦難的土地需要靜養復原
右腿　隨時起步整救世人

妳
將紙鶴
野放鮮花與禱詞間

9.斜陽

斜陽幾乎穿透船尾餐廳
帷幕外　溫馨的長崎港
小學生們頻頻向大船揮別

晚宴開始了
船長、商務主管都來了
服務生暫停端盤上菜
由皇家宮廷式的兩側樓梯出場
舞動著白色餐巾
好像鷺鷥歸巢的人字型排列

魔術師則變出一隻海鷗
放走牠
逐浪去了

10.島嶼回航

偶爾停泊甲板上
午後的酒吧
妳邂逅海洋詩人

斟一杯墨西哥啤酒
敬邀
從不畏懼浪濤的靈魂

落日映照妳的兩頰
微醉的鷗鳥潤喉哼唱
島嶼的回航

婚約

仰慕小說家的少女
如今作嫁
太宰治亮麗的新娘

心願
像
伴娘陪嫁過來

成家
期待結紅柿子
庭前開甜櫻桃

白紙黑字的婚約
全都是天作之合
簽

櫻桃項鍊

膨脹著憂鬱水份的梅雨
使枝椏上的櫻桃
拒絕成熟

掙扎的三十九歲
你以紅裡透黃的高度
墜落

一個圓形符號
未到不惑之年的果子
劃上青春句點

其他的留給六月
懷思櫻桃忌的女人
舔一舔酸甜的滋味

留給年輕的粉絲
串一串櫻桃項鍊
掛在人間失格的墓碑上

黑島之眼

黑島，聶魯達的居所
那裡必擁有與眾不同的自由

樓閣窗前刺人的灌木叢
不能阻礙你向海的眺望
你甚至回應太平洋沿岸的呼聲

跳躍的魚
一不小心歌唱著就被捕獲
蜷曲在熱熱的鐵板上

從前，智利右翼士兵
潛入你家的後花園挖掘武器
找到去除魚鱗的工具
更多的是堆疊的詩句

商品陳列在紀念館
咖啡杯燒烙著聶魯達的眼睛
於是，我買下你的左眼

享受一杯卡布奇諾的早晨
你用一隻眼
閱讀臺灣食安
正視著鮮奶的濃稠
比起流進體制內的塑化劑
誰的毒來得輕重

毫無偏見的眼角無故添了新愁
你瞧不起遲未冬眠的王朝
他們竟然看不起自己的人民
甚至譏諷人民是皇民的後裔

想起蘭卡瓜

首都聖地牙哥向南的城市
蘭卡瓜的雜貨店
販賣鮮花和切塊的大南瓜

蘭卡瓜有詩人有劇作家
有奧斯卡・卡斯楚
暨擁有筆名寫作的妻子

電影『我們要活著回去』
想起烏拉圭摔斷成兩截的飛機
墜落在安地斯山智利的邊界

蘭卡瓜的神父說
他們能夠活著回來
是因為生還者搶救生還者
饑渴者在雪中舞蹈

手繪失事現場的畫面
築成醫院大幅的牆壁
而距離希望最近的婦產科走廊
那端傳來蘭卡瓜新生兒的哭聲

極地的春天
——智利循詩人足跡一束

1.春天的錯覺

智利　象徵極地的Chele
今夜我們住宿倫敦街旅館
十月的行道樹正抽著新芽
被殖民三個半世紀的憂傷
盡收在古典的窗簾裡
疑似春天的錯覺

時髦的年輕男女
斜坐巴黎街廣場
話題談論到深夜
也許什麼都沒談
青春的錯覺

2.貓咪項鍊

長得很像巴哈的手工藝師傅
一大早　叮嚀叮嚀
敲打著蕭邦的雨滴協奏曲

幾日來貓咪項鍊掛頸上
我像住在項鍊裡的一隻貓

夜裡夢醒喵一聲長音
白晝瞳孔成一直線縮短尾巴

遇見流亡海外回歸智利
Quilapayun國際樂團
晚會演唱達到高昂
貓　突然縱身一躍掙脫項鍊
鳴叫：團結的人民永不被擊潰

EI pueble unido jama`s sera` vencido

鳴唱一再重複

3.攔截春天

沿岸多麼狹長

尤加利樹柔軟的枝椏伸得更長

抹去空氣中的霾害

過濾世故的海腥味

輕輕搖醒沉睡礦山的蜥蜴

邀請翅膀長實的黑鷹

攜手攔截春天

4.海邊的小學

跟隨Los Vilos海邊的晨光

觀摩AV小學

教室裡小朋友活潑地發問

「您們來自中國嗎？」
「No！」如一響春雷
小朋友有些挫折

老師迅即展開世界地圖
請台灣來賓圈出和中國不同的位置
安慰他們

5.智利大學的花樹

苦苓仔花開在校園裡
淡紫色的碎花繽紛飄落
連著地的姿態是那麼眼熟

守衛室旁邊
莿桐花靜靜地思考什麼呢
策劃新春的豔麗吧

6.夏卡爾的畫

青春學子寧可來回穿梭
在畫滿藝術區的走廊
在感情虛構的視野裡
夏卡爾放下彩筆
坐下來
聆聽台灣快閃族的朗誦詩

7.高中生

首都聖地牙哥的高中生
面對來訪的詩人充滿期待
朗誦了一首又一首自己的詩

出了十八位總統的名校
高中生的口袋有紙條
準備向臺灣發問

8.柑仔店

柑仔店低矮的樑柱
層層疊疊夾著舞蹈用的手帕
繡有男舞鞋齒輪的
繡有紅色風鈴花的
純白的也有

陽光　停格木窗上
柑仔店的收音機　講台語
現場廣播訪問台灣詩人
聽見同行李魁賢先生的詩朗誦

9.教堂整修中

日影漸漸移動我的眼目
途中　這座教堂正在整修

靠向門邊
耶穌被釘在恐怖的木雕上
我為趕路的文學
揉一揉痛的腳踝

10.尋訪Gabriel Mistral的路上

尋訪諾貝爾文學得主Gabriel Mistral的路上
埃爾桂山谷的空氣特別乾燥
好像來到外星人的家

咳咳的咽喉
白袍藥劑師驚喜有客自台灣來
藥品錢少算些
還送上：「臺灣Formosa」

11.天堂谷

道別了聖地牙哥機場
曼佐帶著詩人的憂傷說：台灣再見
內心卻難掩喜悅透露四十年前春天
殺害他朋友的　那人
昨天終於關進監牢裡

豈止是為天堂谷帶來好消息
聶魯達與其妻瑪蒂蝶尤其興奮吧
啊！春天的錯覺

漫遊生態海岸線

石子一粒粒肩並肩
圈起生態區的版圖
蒲公英花絮
沿線追隨風向的腳步

筆直的大葉龍舌蘭
武士般堅挺地站成一排風景
內心湧現陣陣的讚美
那神奇的遠方
飄渺的太平洋彼鄰

礁岩上一隻珊瑚奮力施展柔軟功
牠欲攫取頭頂上藍色的波光

當黑鷹低空掠過
仙人掌放下一隻權力的手
承擔沙丘上消失雛菊的寂寞

叢林底下尖銳多刺
爬蟲類劃分著一道道蹊徑
變色龍在那裡安然地竄進竄出

朵朵紫色的野花
赤裸裸地攀附風中
向岩石訴說碧綠年華
夢境裡似乎呼喚著勿忘我

無辜的浪花
一口被捲入潮流巨大的黑洞
洞裡呼嚕呼嚕發出兇悍的咆哮
虛張聲勢的樣子
試探同住一個島上海獅的膽子

三顆羊骨骰子
——哈木林沙漠征途

誰人
在我們夜宿的蒙古包門口
留下三顆羊骨骰子

手掌心忍不住和穹蒼交握
把寄託　拋向沙漠征程
把感恩　拾起
悄悄地　把三個答案放進背包裡

一支水壺
空盪空盪響著未知
兩顆羊顱骨
躺在石堆上發光
三部汽車揚起塵土
蛇行吞噬我的寂寞

正骨　反骨　背骨
翻轉又翻轉
三顆骰子不停蹄

瞬間繞行一棵樹
樹下站著兩頭野牛
堅持為春天脫毛

今夜星星哭了

今夜
你到底彈唱什麼歌
星星也哭了

你究竟喝了哪盅酒
把我變成一棵溪邊的樹

是否遇見了海洋天使
使你剛烈的心變得溫柔

是否思念戈壁的老母親
屈膝哭泣
你的難過　　天父是知道的

昂貴的瓶子

早餐吃得好嗎？
昨晚睡得飽嗎？
巴圖握著圓潤的瓶子
親切地問候
然後掀開瓶蓋

草原的靈魂
從光澤的瓶底昇華
我不禁聞了又聞

一束曦光
好比從黑森林灑下
塗抹我全身

玫瑰色的瓶子
將我旅行的疲勞困頓
一口氣吸了進去

魔術般的瓶子
接住海洋天使的淚水
叫草原看不見她的愁容

昂貴的瓶子啊
一邊盛滿樂天信實的香精
一邊澆灌原野乾枯的心靈

杭蓋漫遊

離開城市
我們經過那裡
成吉思汗
排名世界最巨的銅像
駐守蒙古國土的屋脊上

離開銅像
我們經過這裡
羊群依在青山下
牧人仰躺在草坡上
伏特加的空瓶醉臥陽光

離開羊群
我們經過那裡
牧者喘氣箭步追來
他要找回走失的一隻羊
引我進入紅銅色熟悉的夢鄉
神的道路果然在水晶山上發亮

離開異象
經過葬花的新土
國家保護區綠色杭蓋
天堂裡究竟有幾隻牛馬羊
唯有與我們同行的牧者知道答案

走過幾許真實
腳步已逼近藍天
蒙古包今夜的家
你的家　我的家　他的家
門前插著得勝的旗幟
野地裡黃花白花紫花到處綻放
太陽加入我們家的聊天室直到十點
離開

恐龍陳列室
——烏蘭巴托自然歷史博物館

也許鼻子頂撞了丘陵的額頭
朝養育牠們的山巒咆哮
自由的神經錯亂直吼敖包的名

也許忘記將剩餘的馬奶潑灑草原
草食性的版圖亢旱一大塊
肉食性的霸權快速竄昇

『共體時艱』非恐龍用語
『一盤散沙』不適合形容牠們
潛伏的沙塵暴夕間足以叫恐龍絕滅

曾是伙伴的白雲
輕輕挖掘戈壁的核心來了
出土蠶食的記憶
還原化石的草香
然後消毒矯正被壓垮的玫瑰色遺骸
腐敗的骨骼

復活的恐龍
有了編號
歡迎不曾活在恐龍世界的人類
研究參觀

親愛的雲，請進

不要叫我Mr.
我是突厥的勇士
衣袍上曾經沾滿歷史的征塵和血跡
親愛的Miss

請妳不要叫我Mr.
我是腳蹬長靴的騎兵
雙手持日月長槍跨向高大的馬背上
可親的Miss

別叫我Mr.
我在氈帳裡吃肉喝馬奶
佛在外面豎立著戰死沙場石人的榮耀
可愛的Miss

Mr.不是我
喉音輕輕傳唱草原

不知為何就壓低了一群咀嚼的牛馬羊
親愛的Miss

叫我牧羊人
天幕下我的矮門只擺著一雙鞋
阿爾泰山的蒙古包圍剿不住我的孤獨
Miss喲，歡迎

我是一個牧羊人.
不曾拒絕雪霜來造訪
星星與月光也必須陪伴我睡覺到天亮
親愛的雲，請進

靜下來的時刻

靜下來的時刻
火車繼續趕路
太陽即將燒盡
旅人的話題正點燃山頂

晚霞
少數飄進車廂
多數躑躅窗外
風景

雙魚的眼睛不睡覺
游向天河
駱駝背著雙峰的身世
輕輕地來敲門

鬆開緊握的拳頭
讓鴿子

啄食
我有些發痲的手

靜下來的時刻
一匹名叫獨立的蒙古野馬
舔醒
我的夢

窗邊的女人唱起台灣老歌
載著新思維的列車
恰好穿越山溝
開往首都烏蘭巴托

輯三　母語詩

客語詩作

台語詩作

春遊雙合水
——東港溪上游詩三首

1.

東港溪漫漫

水草悠悠

釣檳垂落雙合水

浮有紋風不動

白哥仔泅來啄通心草

2.

春神約我散步到堤防

昂頭向大武山拜年

斟一杯萬安

飲一口佳平

左邀後堆

右請先鋒

轉一圈太極

行十步雙合

3.

換一個角度看家鄉

三溝四溝過五溝

伙房憑伙房

樹山岸頂望硫磺

水煙渺渺　菅花茫茫

上圳伯公來巡邏

南柵伯婆來護河

雙合水直拚到海洋

桐花雨

朝晨的風
聽著上山的腳步聲
將一盤一盤的桐花掖下來

花蕊仔有胭粉的香味
蓋像撐等一支一支遮仔
順風下山

有兜個落花　停留葉面
仰頭看世間風雲
有兜個落花　集聚樹枝
回頭看族群流浪的大河壩
我接著幾蕊後生的溫情

桐花雨穿落山風
　　　穿落杉林
　　　跌落地泥
桐花雨　涿濕涯　涿濕涯

覓蜆

涯覓著　一蕊一蕊蓮蕉花
覓著　一隻一隻揚尾仔
覓著賣豆油的水䰴婆

目眨眨e覓　鏡鮮的童年
覓著渾渾的雲
渾渾的雲肚　覓著故鄉　山的背囊

最後个藍布衫

日頭烈烈　像燈光
滾滾个河壩　抨大鼓
藍衫伯母
一步一步行上風中个舞台

白芒花沒忒藍布衫
紙遮仔　搖啊搖矣　擎入莊肚

佢雙手合十拜伯公
祈求投生仔遽遽大
保庇其孫子愛聽人話
保護金門做兵个賴仔平平安安
保佑南洋戰場一直無歸个老公

褪色个藍衫袖寬寬鬆鬆
汗流流
目汁兩三行

硬頸家族

原本係為著把水、掌禾、看崗个六堆人
堅持守庄守社
阻賊擋賊、不殺良民个義勇軍
擊退鴨母王－朱一貴
清廷陞鄉里安做「懷忠里」
諭示建「忠義亭」

光榮个六堆後背
招致部份民怨
結仇更至加深

對人情世故漸漸冷淡
只求生活細頭平安个六堆人士
含等目汁圍到神桌面前決議
：「今後係無府縣命令，絕對毋出堆」
傳說續變質
：「今後客家妹仔絕對毋嫁河洛人」

難怪兩百多年來
客家後生人遺傳到硬頸症
六堆妹仔乜擔到偏頭痛
講來話長
這係盡難醫好个一種病

楝花滿樹椏

中國人收領台灣
吹喇叭、抨大鼓
指揮台灣行正步前進
該當時
台灣順民搖旗喔喔喊萬歲萬歲
雞公仔拔頦唱光復的山歌

戴台灣笠嬤的婦女
知總的母親
日時頭，煞忙掖好種
膝頭跪水田
降服恩兜的老祖先

洋巾解下來的阿姆
投生仔餵飽咧又收揪灶下
暗晡頭
還愛供一兩隻登珍賴子妹子

吾等台灣的母親像野生的苦楝樹
險險受著鏟除的命運
好在神　痛惜吾兜軟弱憨直的人

春天到咧　苦楝樹又開紫色的花
和諧、平安、幸福、微笑、善良、音樂
陽光開滿樹椏

濛紗煙

雞言啼
窗仔背霧濛濛
月光還行眠帳肚發夢
緊性个家官
喔喔喊hong床

天言光
灶下火煙煙
柴草情願分人燒
火屎相爭飛上天
想愛變星星

日花仔
掀開包等田坵个面紗
打赤腳个婦人家
將濛濛个心事
躅入禾頭下

濫圳

清淨的濫圳
流過夥房的柵門
彎過圳唇的白薑花
溫柔的水
流過涯的圖畫　涯的夢

河路改變的濫圳
揚葉仔飛走咧
涯也嫁到外鄉
百年前阿太的故事還無流失

天真的公太
擎等糠篩仔
向等適濫圳行前來的皇軍跪拜

糠篩仔　係阿姆話
降旗仔　聽唔識軟質的竹器
哀求硬鬥的銃籽

唉哉！頭擺的事
番鹼泡一樣漂到濫圳尾去咧

臨暗

唱票接近尾聲
日頭也漸漸落山
正正正正
正正正正正正正正上
正正正正正正正止
止

臨暗仔
選票唱到順順序序
無隄無防月光來失電
星仔星仔　遽遽遽遽
手電筒借分我
燈籠花燈籠花　緊緊緊緊
一盞一盞點著來

還福

正月迎春接福
祈求風調雨順國泰民安
收冬時節
達到願望也好
得著平安也好
求來个福氣　愛還

毛筆恅感恩的心
大大字寫到紅紙項
山川毓秀　草木皆春
貴客臨門　春光煥彩
大門口　窗仔頂　門簾項
宜室宜家　桂馥蘭香

禾庭尾个穀倉　貼一張五穀豐收
雞棲牛欄豬欄　貼一張六畜興旺

灶下傳來廚香百味
甜粄發粄龜粄三牲
借春天一托盤个福氣
收冬時節愛做一棚戲　歸還大地

牛肉崎

阮實在想袂曉
Ui何時
臺灣牛就hong控制咧

鼻索輕輕仔揪振動
主人喝一聲au-tshi
牛擔就起步出力跛山崎

阮實在想袂曉
東山雲水這个好所在
怎樣欲號名－牛肉崎

遠遠看過衙門後山
那像一隻塗牛leh拖車
尻脊骿閣揹著一綑一綑的龍眼柴

溪邊的水影清清清
芳芳的薑仔花
唔甘搖醒阮的中晝夢

有時晴天霹靂
好天雄雄tan雷公
藤條那sinnh-na閃電光
倒片sut 2个　正片sut 3个

暗頭仔
阮逗逗仔調整跤步
咬著喉齒筋出暗力溜落崎
轉去厝

主人好心
牛嘴lam ma替阮剝落來
飼阮青割草糧
共阮燻蠓趕黑蠅

牛墟

一四七是鹽水墟
二五八是善化墟
揚仔好奇飛出庄
狗仔嘛好閒對出門

無牛的牛墟
牛擔、鋤頭、掘仔、畚箕
堅持顧三頓　渡秋天

古董、電子琴、賣雜細
生理場　化玲瓏
親像兵仔市

無牛的牛墟
人客人

笛仔歕響
米香deh欲爆啊

雞仔、鴨仔pih-poh跳
八哥化一聲：緊走緊走

假使腹肚飫飫
來一盤油菜炒沙茶
台灣牛肉炒大陸妹
想欲繼續話仙
來一矸鹿茸酒
寂寞陪你limh予馬西馬西

那行那開的詩
——鹽水田寮台灣詩路

台灣詩路的春天
開柑仔色的木棉
斑芝花那行那開

路邊的詩
嘛一蕊一蕊咧開花
開殖民地的含笑
開跨越語言的昭和草
開媳婦仔命的苦苓仔

牽牛花佮土地結作伙
黃蟬嚎欲嫁
干單白千層
遠遠予黑暗包圍著

愛真相的鼓吹花
純板欲爭取人權的百合
一蕊一蕊咧開呀

台灣詩路的壁角
有蠻皮的土香
嘛有吃人肉的白翎鷥
恬恬仔咧觀察

無共款的現代詩
開無共款色彩的花蕊
姿勢佮芳味欲共ah欲共

春暖過路柳營南湖

春暖散步夠柳營南湖
看著一支一支的布旗仔印「洪門」
栽佇陳永華將軍的墓仔埔四邊
親像死忠的守衛仔保護「天地教主」

一群白揚仔恬恬咧飛
敢是將軍的愛妻洪淑貞不離不棄
伊的化身引蹛阮的跤步聲
窸窸窣窣行這條歷史寂寞的長河

將軍的古墓無圍無柵
若像叫行毋著小路的生分人
趕緊離開霧霧的濛煙

園仔內桂花正清芳
代替空虛的裊裊香火
春風忍不住停落來

出聲唸參軍的簡史
而且佮臥龍將軍超自然對話

原來將軍是汝建議鄭經假裝出巡臺灣
設計將福建、金門的管理權委託鄭泰
欲擒故縱的策略輕輕鬆鬆將叛徒逮捕

時間攏總嘛過有三百五十冬
入主臺灣的當時記載並無蓋完整
何況現主時的臺灣主體
一寡政治因素手勢舉懸懸向神明筊杯
愛靠糖甘蜜甜的舌咧求咧生活

將軍尚蓋精采的立德立功立言
講理應該愛好好仔刻佇南湖
可惜墓牌的字模模糊糊變古蹟
堵好留予愛鬥鬧熱鬪好閒的月娘
佇元宵節臆燈謎

柚仔花

寒流過
柚仔咧開花
春天疼惜咱土地
紅花猶原紅紅紅
白花猶原芳芳芳

柚仔花
白白三月雪
鬱卒免园心肝底
蜂仔叩叩飛
偷偷仔給我的嘴peih親一個

旅思咖啡館

輕輕鬆鬆行入巷仔內
臨水夫人唖睏中畫
麥俗伊吵啦！
廟邊有一間古早店
賣寮國咖啡

飲一喙湄公河拿鐵
旅思的心情浮顯
那親像看見一個少年家
遠遠位寮國岸邊向阮的船汎過來

我唖想
伊無定著是
未來奧林匹克游泳選手

飲一杯寮國咖啡
享受一晡芳味的府城

海島

媽祖跕置鐵線橋
橋邊e赤查某ah咸豐草
細蕊仔細蕊開白花

清朝文人郁永河
撐筏仔靠岸　留詩篇

昭和草浞gah滿四界
廟前鋤掉　廟後生

媽祖宮
層層疊疊三世紀
得著神州賞賜一塊匾額

神州海島
匾仔字斑斑駁駁　變古蹟
神若蹛佇古蹟內
海島e光永遠袂落漆

新結庄仔印象
——嘉義縣速寫

位朴子嫁來新結庄
新娘仔要出庄
轉來未認得翁婿的兜
伊心內有數
沿路算第幾欉楝榔樹

媳婦位六腳後頭厝倒轉來
庄內的紅厝瓦一排閣一排
定定認毋對企家的所在
了後　想辦法算棋盤
第幾條巷仔　第幾間厝

內山姑娘嫁予海口侯家做媳婦
翁行某對　攪土拌水做小工
日頭佮月娘是翁某的青紅燈
雙溪的水文文仔流
財富逗逗仔淹入庄

夢會轉彎

夢是和平e海洋
一隻唔是為著戰爭e大船
DOULOS駛入阮e夢

日頭沉落西
我位船仔頂行入布袋港
暗迷濛e布袋嘴
海產攤已經關店休睏了

原來DOULOS
是一隻忠僕號e冊船
巡視台灣一輪了後
伊就欲退休

夢會轉彎
DOULOS大船
離開布袋港
停泊高雄港

天光e時
催我愛趕緊去佮伊看看邐邐咧
暗頭仔e海產攤點一葩葩電火
魚仔e目睭照gah生生生

舊新聞

定定聽前輩咧講
盡量較少使用成語寫詩

舊年八月做風颱
南部五縣市淹大水
總統這回khi moo咧giang
伊khau洗khia規排的綠色首長：
「下水道預算編列那麼少，真令人毛骨悚然」

講話不但酸甲無成詩
伊的警覺性嘛是倒退lu
親像咧報老鼠仔冤

暗頭仔
民間電臺主持的叩應節目
出一條題目：「毛骨悚然」
臆臺灣口語，有三字

聽眾搶答：「下水道」

有正確無？

答案是：「皮leh tshuah」

含笑詩叢4　PG1494

 燈籠花
　　　——利玉芳詩集

作　　　者	利玉芳
責任編輯	林千惠
圖文排版	周妤靜
封面設計	王嵩賀

出版策劃	釀出版
製作發行	秀威資訊科技股份有限公司
	114 台北市內湖區瑞光路76巷65號1樓
	電話：+886-2-2796-3638　傳真：+886-2-2796-1377
	服務信箱：service@showwe.com.tw
	http://www.showwe.com.tw
郵政劃撥	19563868　戶名：秀威資訊科技股份有限公司
展售門市	國家書店【松江門市】
	104 台北市中山區松江路209號1樓
	電話：+886-2-2518-0207　傳真：+886-2-2518-0778
網路訂購	秀威網路書店：http://www.bodbooks.com.tw
	國家網路書店：http://www.govbooks.com.tw
法律顧問	毛國樑　律師
總 經 銷	聯合發行股份有限公司
	231新北市新店區寶橋路235巷6弄6號4F
	電話：+886-2-2917-8022　傳真：+886-2-2915-6275

出版日期	2016年2月　BOD一版
定　　　價	200元

國家圖書館出版品預行編目

燈籠花：利玉芳詩集 / 利玉芳著. -- 一版. -- 臺北市：
釀出版, 2016.02
    面；　公分
  BOD版
  ISBN 978-986-445-085-5(平裝)

851.486   104028844

讀 者 回 函 卡

感謝您購買本書,為提升服務品質,請填妥以下資料,將讀者回函卡直接寄
回或傳真本公司,收到您的寶貴意見後,我們會收藏記錄及檢討,謝謝!
如您需要了解本公司最新出版書目、購書優惠或企劃活動,歡迎您上網查詢
或下載相關資料:http:// www.showwe.com.tw

您購買的書名:_____

出生日期:_____年_____月_____日

學歷:□高中 (含) 以下　　□大專　　□研究所 (含) 以上

職業:□製造業　□金融業　□資訊業　□軍警　□傳播業　□自由業
　　　□服務業　□公務員　□教職　　□學生　□家管　　□其它_____

購書地點:□網路書店　□實體書店　□書展　□郵購　□贈閱　□其他

您從何得知本書的消息?

　　□網路書店　□實體書店　□網路搜尋　□電子報　□書訊　□雜誌

　　□傳播媒體　□親友推薦　□網站推薦　□部落格　□其他_____

您對本書的評價:(請填代號　1.非常滿意　2.滿意　3.尚可　4.再改進)

　　封面設計____　版面編排____　內容____　文/譯筆____　價格____

讀完書後您覺得:

　　□很有收穫　□有收穫　□收穫不多　□沒收穫

對我們的建議:_____

_____

_____

_____

11466
台北市內湖區瑞光路 76 巷 65 號 1 樓

秀威資訊科技股份有限公司　　　收

BOD 數位出版事業部

···

（請沿線對折寄回，謝謝！）

姓　　名：＿＿＿＿＿＿＿＿＿＿　年齡：＿＿＿＿＿　性別：□女　□男

郵遞區號：□□□□□

地　　址：＿＿＿＿＿＿＿＿＿＿＿＿＿＿＿＿＿＿＿＿＿＿＿＿

聯絡電話：(日) ＿＿＿＿＿＿＿＿＿＿＿　(夜) ＿＿＿＿＿＿＿＿＿＿＿

E-mail：＿＿＿＿＿＿＿＿＿＿＿＿＿＿＿＿＿＿＿＿＿＿＿